ROMANS

La Chanson de Geste

GÉRARD

DE ROUSSILHON

1873

ROMANS

& Chanfons de Gefte

sur

GÉRARD DE ROUSSILLON

ROMANS

& Chanfons de Gefte

SUR

GÉRARD

DE ROUSSILLON

ETUDE

Hiftorique & Littéraire

PAR

ADOLPHE FABRE

Préfident du Tribunal civil de St-Etienne

De l'Jmprimerie

SAVIGNÉ, A VIENNE EN DAUPHINÉ

1873

PRÉLIMINAIRES

BIBLIOGRAPHIQUES

EPUIS quelques années on se livre en France, avec ardeur, à l'étude de nos grands poëmes nationaux. Ils avaient été trop négligés, et les publications récentes démontrent combien notre dédain avait été injuste, et, disons-le, dépourvu de patriotisme.

C'est à l'Allemagne que nous devons cet heureux réveil; sans doute, l'amour-propre national souffre de cet aveu, mais devant l'évidence il faut se résigner à le faire. Oui, c'est elle qui, en nous devançant dans la voie, a triomphé de notre indifférence. Les Allemands, avec la ténacité habituelle à leur race, nous

disputent depuis longtemps la mémoire de Char-
lemagne. Ils soutiennent que le grand empereur est
à eux et qu'il n'a rien de la nationalité française.
Pour faire triompher cette prétention historique, ils
fouillent les bibliothèques de l'Europe, ils mettent au
jour tous les documents qui, de près ou de loin, se
rattachent à leur sujet, chroniques latines, cantilè-
nes, légendes, chansons de geste qui remontent aux
époques carlovingiennes ou qui les rappellent. Ils
n'étudient les âges héroïques de notre monarchie que
pour y rechercher quelle a pu être l'influence germa-
nique sur nos institutions, et, à l'aide d'une érudi-
tion pleine d'artifices, ils interprètent ingénieusement
nos poëmes épiques, et veulent refaire à leur point
de vue l'histoire du grand homme qu'ils considèrent
comme le père de leur patrie.

Cette invasion des étrangers dans notre littérature
nationale avait éveillé l'attention d'un ministre de
l'Empire, M. Fortoul. Il s'en émut, et le premier il
poussa vivement à la publication de notre épopée na-
tionale. Son but était de ravir à nos voisins d'outre-
Rhin l'honneur d'éditer dans la pureté de leur texte
nos Gestes les plus importantes, soit qu'elles appar-
tinssent au cycle carlovingien proprement dit, soit
qu'elles fussent d'une date postérieure et dussent être
rangées dans le groupe qui constitue plus particu-
lièrement l'épopée féodale.

Sous l'impulsion du ministre, un savant français,
M. Guessard, membre de l'Institut, se mit à l'œu-
vre, et les anciens poëtes de la France commencèrent

à paraître, non plus comme autrefois, mutilés, tra-
vestis, mis à la portée des enfants, dans la bibliothèque bleue où nous avons tous lu Renaut de Montau-
ban et les quatre Fils Aymon, mais dans d'excel-
lentes publications revues sur les manuscrits les
plus célèbres, accompagnées de glossaires et de
savantes annotations.

Nous avons vu ainsi se produire quelques-uns de
nos poëmes les plus renommés : Gui de Bourgogne,
Doon de Maïence, Fierabras, Huon de Bordeaux,
Macaire, Gui de Nanteuil, Aye d'Avignon, Gaydon,
Aliscans et bien d'autres.

Malheureusement, cette publication, qui devait
comprendre soixante volumes, ne fut qu'ébauchée ;
la mort et les événements politiques l'arrêtèrent presque à son début. Hélas! les dieux ne nous sont plus
propices!... Mais la voie est ouverte et le but que se
proposait M. Fortoul sera atteint. Des hommes nouveaux reprennent l'œuvre inachevée, et nous pouvons
saluer avec joie la venue de la chanson de Roland,
et applaudir aux efforts couronnés de succès de M.
Léon Gautier, qui récemment nous a donné une savante
et splendide édition de cet admirable poëme épique,
un des plus anciens et des plus beaux monuments
de notre littérature nationale.

Si nous avons été devancés, constatons toutefois
que nous n'arriverons pas trop tard, à la condition
cependant d'utiliser les immenses richesses que nous
possédons. Hâtons-nous de prouver que nous avions
une épopée romane, une littérature toute formée,

déjà célèbre, lorsque le reste de l'Europe moderne était encore plongé dans l'ignorance, et que l'étude de nos vieux poëmes est une mine inépuisable, imparfaitement connue et à peine explorée.

La source de nos Gestes doit être recherchée dans les chroniques latines, composées dans le silence des monastères. Le fait historique, avant d'arriver au poëme épique, passe par la cantilène, heroïca cantilena. *Sous cette forme, la chanson héroïque est la chanson populaire, elle est très-concise, n'a que quelques strophes, mais elle contient en germe toute une épopée à laquelle le rapsode consacrera cinq ou six mille vers. C'est alors que la Geste prend un caractère plus élevé, passe de la rue et des camps dans le palais du suzerain, et devient par excellence le poëme aristocratique.*

Les ménestrels et les jongleurs, aux accompagnements d'un luth ou d'une viole, déclamaient devant les hauts barons attentifs ces poésies qu'ils scandaient avec des modulations étudiées. La contexture du vers de dix syllabes, l'uniformité de la rime se prêtaient facilement à cette interprétation, et ce ne fut qu'au XIIIᵐᵉ siècle, à une époque où le poëme ne se chantait plus mais se récitait, que les assonances variées alternant entre elles se substituèrent à la facture monorime.

Dans les chansons de geste on peut étudier bien des choses, un peu d'histoire d'abord, histoire confuse, pleine d'anachronismes et de merveilleux, la vie privée des français ensuite, car on y trouve des récits pleins de charme sur les coutumes, les usages, les mœurs de nos aïeux, leurs festins, leurs tournois, leurs querelles, leurs luttes intestines, leurs guerres avec le suzerain, enfin sur leur piété, leur respect de la femme et des lois de l'Eglise. Mais c'est surtout au point de vue de l'origine et du développement de la langue française qu'ils sont dignes d'attention : ils sont donc à la fois l'histoire, le drame, la chanson, l'épopée et le roman.

Comme le Roland de Roncevaux, mais à un degré moindre, Gérard de Roussillon est un type parfait du guerrier d'origine française. Comme lui il est digne d'être chanté, tout est épique dans sa carrière, son courage, son héroïsme, sa foi religieuse et ses malheurs ; entre les deux époques cependant il y a une différence immense. Roland meurt pour son empereur et sa dernière pensée est pour lui et pour le doux pays de France ; il est jusqu'à sa mort le serviteur fidèle de l'un et de l'autre. Gérard de Roussillon se présente sous un autre aspect ; il personnifie en lui la puissance féodale dont il est un des champions les plus illustres ; avec lui nous sommes en plein dans les luttes des grands vassaux contre le suzerain et la monarchie naissante. L'unité française, le droit d'hérédité, n'étaient point encore passés à l'état de principes politiques. La force était le droit unique, et les rudes guerriers du temps, après le démembrement de l'empire de Charlemagne, n'avaient qu'une seule préoccupation : vivre indépendants et se tailler des États dans les vastes domaines de leur maître.

*C'était la mise en pratique d'un vaste plan de décen-
tralisation qui avait des partisans intéressés dans la
haute aristocratie de la province et jusque sur les
marches du trône. Pendant plusieurs siècles ces idées
furent celles de la noblesse française qui trouvait des
complices soudoyés dans les poëtes de l'époque.*

*Quoique l'avantage du parallèle reste à Roland,
Gérard de Roussillon n'en est pas moins un grand
personnage dont la légende se rattache à l'histoire
des deux derniers royaumes de Bourgogne, à celle
des provinces qui s'appelèrent le comté de Vienne et
le Dauphiné. A ce titre il est intéressant de rechercher quels ont été les poëmes et les romans en prose
qu'il inspira aux écrivains pendant plusieurs siècles,
du XIIIe au XVIe.*

*Le premier, par ordre de date de l'impression,
est celui qui a paru en Allemagne en 1855, dans
un recueil consacré aux œuvres de nos troubadours. Il a pour titre: Girart de Rossillon.
C'est un poëme provençal; il a été imprimé à Berlin,
et l'éditeur est un docteur de l'université de
Munich.*

*Au moment où ce poëme paraissait à l'étranger,
M. Francisque Michel, dans la collection elzévi-
rienne de Jannet, publiait une chanson de geste de
Gérard de Roussillon en langue d'Oc ou provençale,
d'après le manuscrit de la bibliothèque nationale.
Cette version est la même qui avait fait l'objet de
l'édition allemande.*

Cette Geste a dû être composée au XIIIe siècle;

elle est en vers décasyllabiques et monorimes. Son auteur a commis un grave anachronisme, il n'a pas respecté la vérité historique, les troubadours s'en préoccupaient peu; il a fait de Gérard de Roussillon et de Charles Martel deux contemporains auxquels il donne pour femmes deux sœurs, filles d'un empereur de Constantinople.

A la suite de son édition, M. Francisque Michel a ajouté, d'après un manuscrit du musée britannique, bibliothèque Harléienne, un fragment de ce même roman en français du XIIᵉ ou du XIIIᵉ siècle en vers monorimes de dix syllabes, comme le poëme provençal.

Il existe un autre roman métrique qui a été consacré au même personnage, à Gérard de Roussillon, mais sous le nom de Girart de Viane (Girart de Vienne). L'auteur de cette Geste, Bertrand, prêtre de Bar-sur-Aube, n'a été à proprement parler qu'un transpositeur, un plagiaire. Sa chanson est une imitation du poëme provençal dont nous avons parlé, avec cette différence que la donnée historique n'est plus la même, elle est profondément altérée comme dans la précédente. Le souverain sous lequel Gérard aurait vécu n'est plus Charles Martel, c'est Charlemagne, l'Empereur; Roland et Olivier jouent un rôle important dans le récit. Aussi ne faut-il pas s'étonner si les Allemands se sont encore emparés de ce poëme et si l'un d'eux, M. Bekker, en a donné une édition à Berlin. Un savant français, M. P. Tarbé, en a publié une à Paris.

On connaît cinq manuscrits du *Girart de Viane*; trois sont en Angleterre et deux en France, à la bibliothèque nationale.

En *1858* un philologue bourguignon, M. Mignard, édita le Roman en vers de très-excellent, puissant et noble homme Girart de Rossillon, jadis duc de Bourgogne. Ce poëme, en langue d'Oil, est de *1316*, il est écrit en vers de douze syllabes avec des rimes masculines ou féminines alternées. On en connaît un assez grand nombre de copies manuscrites, dont les principales sont celles de la biliothèque nationale, de l'Arsenal, et celle de la ville de Sens, la plus ancienne de toutes. C'est sur elles que M. Mignard a collationné son édition, et il l'a fait avec un soin auquel on ne saurait trop applaudir.

Cette Geste de Girart de Rossillon présente un avantage considérable sur celles que nous avons citées. Elle est remarquable par sa fidélité historique. Sans doute l'histoire n'a pas été respectée d'une manière absolue par le trouvère qui la composa, mais on peut constater une exactitude historique relative à laquelle on n'est pas habitué. C'est, à proprement parler, une chronique mise en vers comme la chanson d'Antioche et la Geste de Garin le Loherain; et on y voit cette fois Gérard de Roussillon aux prises avec son véritable adversaire Charles le Chauve, tantôt vainqueur, tantôt vaincu, combattant à la tête de tous les hauts barons de la Bourgogne, dont les noms sont cités avec un soin patriotique.

Dans une longue introduction, M. Mignard se livre

à une étude approfondie de ce poëme au point de vue littéraire, historique et philologique. Ses considérations sur le langage du temps, sur l'orthographe, sur les dialectes normand et bourguignon, sur la langue d'Oc, sur la langue d'Oil, la langue picarde y tiennent une place importante. Enfin, il termine son ouvrage par une dissertation dans laquelle il cherche à apprécier le rôle de Gérard de Roussillon dans l'histoire du IXᵉ siècle.

Nous le répétons, le comte Gérard fut un type, il personnifia en lui les aspirations de ses pairs, la lutte contre la royauté, et fut le plus vigoureux champion de l'émancipation féodale. C'est là l'unique cause de cette renommée dix fois séculaire et ce qui explique le nombre de poëmes qui perpétuèrent sa mémoire.

Si les poëtes ne lui firent pas défaut, il en fut de même des prosateurs.

L'hospice de Beaune possède une version en prose du roman de Gérard de Roussillon, qui aurait été faite sur une chronique latine de l'abbaye de Pothières ou de Vézelay, d'après les ordres de Philippe le Bon, duc de Bourgogne.

Enfin, vers le commencement du XVIᵉ siècle, Olivier Arnoullet, imprimeur lyonnais, donnait une édition d'une version en prose de la même chronique, mais beaucoup moins étendue que celle du manuscrit de Beaune, dont elle n'est qu'un abrégé.

C'est cette version qui a été rééditée en 1856 par Alfred de Terrebasse, sur le seul exemplaire connu que possède la bibliothèque de Grenoble.

A cette époque notre compatriote avait entrepris d'écrire l'histoire des deux derniers royaumes de Bourgogne. Il s'était livré aux recherches les plus actives, et était parvenu à réunir des matériaux considérables. Dès les premières pages de son travail, il eut à faire poser devant lui deux grandes figures contemporaines, Gérard de Roussillon et le comte Boson, qui occupent une si grande place dans l'histoire du IX⁰ siècle. Pour le premier, il dut consulter le roman en prose de la bibliothèque de Grenoble. Il n'y trouva pas les documents historiques qu'il cherchait, mais il fut séduit par l'intérêt multiple que cette chronique présente pour nos contrées : c'est ce qui le décida à la faire réimprimer, en lui donnant pour préface le remarquable travail historique qu'il a consacré à ce héros.

Nous rendîmes compte alors de cette publication; mais notre travail, que nous reproduisons aujourd'hui, serait bien incomplet s'il n'était précédé de ces considérations préliminaires. Quelques-unes des Gestes dont nous avons parlé n'avaient pas vu le jour à cette époque, notamment le Girart de Viane, et le roman édité par M. Mignard; il était dès lors indispensable de mieux préciser l'état de la question bibliographique en ce qui touche les poëmes écrits à la mémoire de l'homme illustre que notre province peut revendiquer comme sien, lorsqu'il luttait contre le petit-fils de Charlemagne, et que sa femme Berthe soutenait un siége dans la ville de Vienne.

Quant à cette étude en elle-même, nous n'en dirons

rien, le lecteur l'appréciera. Elle fut une de nos premières publications; si nous avions à la refaire, nous
lui donnerions plus d'extension et nous mettrions à profit les progrès de la science historique; nous ne la
donnons donc que pour ce qu'elle vaut, elle a été
avant tout un hommage rendu aux travaux d'un de
nos amis. Nous ne voulons pas lui enlever ce caractère.

Un mot encore: on sait qu'Alfred de Terrebasse
avait entrepris une histoire des deux derniers royaumes de Bourgogne. Le projet qu'il avait conçu ne devait recevoir qu'une exécution partielle. Nous avons
constaté, dans la biographie que nous lui avons
consacrée, l'état d'inachèvement dans lequel ces
travaux étaient restés. L'histoire du comte Boson est
ébauchée depuis sa naissance jusqu'à sa mort; il avait
même commencé celle de la régence d'Hermengarde,
sa veuve, et du jeune Louis, son fils. Nous renvoyons
le lecteur à cette biographie pour plus amples ren-
seignements.

Dans notre pensée, si Alfred de Terrebasse ne mit
pas la dernière main à cette histoire, c'est qu'ayant
été devancé par les publications de M. de Gingins
de la Sarra, il crut la matière sinon épuisée, du
moins déflorée en ce qu'elle pouvait avoir de parti-
culier à notre province; en cela il se trompa, et se
défia trop de ses forces. C'est un regret de plus
à exprimer sur la tombe de notre savant compatriote.

Assieu, avril 1873.

ROMANS & CHANSONS DE GESTE

GÉRARD DE ROUSSILLON

ÉRARD, comte ou gouverneur de la Bourgogne & de la Provence, vers le milieu du IXe siècle, est du nombre de ces personnages dont, à défaut de l'histoire, les traditions poétiques du moyen âge nous garantissent l'importance & la renommée contemporaine. Elles en ont fait un de ces puissants feudataires qui tenaient tête à leurs suzerains & poussaient l'audace jusqu'à leur disputer, sur les champs de bataille, les villes & les provinces.

Outre la Bourgogne, Gérard possédait la Provence, l'Auvergne, la Gascogne, les comtés de Narbonne et de Barcelone, &, à l'hommage près

I

qu'il devait à Charles-le-Chauve, on ne s'aperçoit guère de l'infériorité de ce redoutable vassal. Il était fils d'un certain comte Leuthard, mais les romanciers trouvent plus à propos de le rattacher, par son père Drogon, frère de Doon de Nanteuil, à une branche de la dynastie fantastique de Mayence, illustrée par les chants de l'Arioste.

Puissant à l'égal de son maître, membre illustre d'une aristocratie orgueilleuse qui joua un si grand rôle dans les luttes à la fois barbares & chevaleresques qui ensanglantèrent le berceau de la monarchie française, il devait figurer au premier rang parmi les guerriers fameux qui inspirèrent aux poëtes du temps, les chansons de geste & les romans qui ont été classés dans ce que l'on nomme aujourd'hui le Cycle de Charlemagne.

Le rôle important que Gérard joue dans l'histoire de notre pays, sa fidélité à Louis le Débonnaire, son attachement à l'empereur Lothaire, & plus tard au plus jeune des fils de ce prince, dont il défendit la couronne; ses luttes avec Charles le Chauve, sa puissance, sa bravoure, sa piété, ses infortunes & jusqu'à l'héroïsme de sa femme Berthe, tout dans sa vie intéresse, attache, émeut & fait du récit de sa belliqueuse carrière un des plus intéressants épisodes de la ténébreuse épopée du moyen âge.

Aussi Gérard de Roussillon eut-il, pendant plusieurs siècles, l'honneur insigne d'inspirer à la fois les chroniqueurs & les poëtes.

Le roman le plus ancien, celui qui peut passer pour avoir servi de modèle et de type à tous les autres, celui où tous les écrivains qui se sont succédé, ont puisé le sujet de leurs inspirations et de leurs chants, est le manuscrit latin qui fut conservé à l'abbaye de Pothières. L'auteur était certainement un moine de cette communauté ou de l'abbaye de Vezelay, toutes deux fondées par Gérard de Roussillon : le caractère semi - religieux de ce roman, la vénération que les moines de ces abbayes durent vouer à la mémoire de leur fondateur, autorisent à admettre comme probable cette opinion à l'appui de laquelle toutefois il est impossible d'administrer aucune preuve certaine.

Par une coïncidence singulière, les philologues & les savants de France & d'Allemagne nous ont donné en même temps la réimpression de trois des romans ou poèmes de Gérard de Roussillon.

Le docteur Mahn, de Berlin, dans un recueil intitulé *Gedichte der troubadours* a publié, au milieu d'une compilation de soixante-sept poèmes, un roman en vers de Gérard de Roussillon écrit en langue provençale.

M. Francisque Michel, correspondant de l'Institut, a mis au jour deux versions du même roman en provençal & en français, d'après les manuscrits de Paris & de Londres.

Enfin, Alfred de Terrebasse a doté les lettres de

la réimpression du roman en prose de Gérard de Roussillon, dont un exemplaire, que l'on croit unique, appartient à la bibliothèque de la ville de Grenoble.

Voici comment Brunet décrit ce trésor bibliographique :

« Sensuyt lhystoire de Monseigneur Gérard de Roussillon jadis duc et conte de Bourgogne et Dacquitaine. On les vend à Lyon aupres de nostre dame de Confort cheulx Olivier Arnoullet. (A la fin) : Cy finist lhystoire de Monseigneur Gérard de Roussillon..., imprime nouvellement à Lyon par Olivier Arnoullet, pet. in-4 de 36 ff. signat. A.-J. caract. goth. »

« Cet ouvrage, qui est plutôt une légende romanesque qu'un roman de chevalerie, est divisé en 27 chapitres, et nous paraît avoir été rédigé et imprimé vers le commencement du XVIe siècle. Il est probable que c'est l'extrait d'un ouvrage plus ancien sur la vie de saint Gérard, dont le nouveau Lelong, n° 4476, indique plusieurs manuscrits.....L'édition de Lyon est si rare qu'aucun bibliographe, que nous sachions, n'en a fait mention; elle nous a été obligeamment communiquée par feu M. de Pina ancien maire de Grenoble. »

Après la mort de M. de Pina, ce volume, non catalogué, fut vendu avec beaucoup d'autres, & acquis par un libraire qui voulut bien le céder à M. Gariel pour le compte de la bibliothèque de Grenoble confiée à ses soins.

Notre compatriote avait plusieurs motifs pour donner au monde savant une réimpression du roman en prose de Gérard de Roussillon. C'était d'abord

& avant tout l'intérêt historique qui s'attache au guerrier qui gouverna la Bourgogne & la Provence, qui habita Vienne & mêla son nom aux événements dont cette ville fut le théâtre. La vie politique de Gérard de Roussillon devait être écrite par un historien du Dauphiné, &, à ce titre, il s'en est emparé comme une dépendance de son domaine, & il l'a fait en maître, les preuves à la main. En second lieu, il y avait un service à rendre aux lettres, & il lui appartenait comme historien, bibliophile & Dauphinois par-dessus tout, de leur restituer un de leurs plus curieux monuments, conservé dans la bibliothèque du chef-lieu de sa province.

Nous ne dirons que quelques mots du roman en lui-même.

Comme l'auteur du *Manuel du libraire*, nous pensons qu'il n'est qu'un extrait d'un ouvrage plus ancien sur la vie de Gérard, & qu'il fut rédigé au commencement du XVIe siècle. N'oublions pas qu'alors les romans de chevalerie jouissaient de la plus grande faveur, à ce point que vers cette époque, le plus chevaleresque des princes, le roi François Ier, faisait traduire les Amadis de l'espagnol.

Le lecteur familiarisé avec la lecture de ces romans trouvera dans celui-ci les mêmes qualités & les mêmes défauts qui se rencontrent dans presque tous les autres : naïveté du détail et du récit poussée jusqu'à la familiarité, traits de mœurs intéressants, mais aussi absence complète de notions historiques & géographiques, abus du merveilleux, anachronismes grossiers, mélange du sacré & du profane qui va jusqu'au paganisme.

Les romanciers & les bardes ont toujours doté leurs chevaliers, je ne dirai pas des vertus & de la supériorité morale, sans lesquelles de nos jours un héros de roman ne peut intéresser, mais ils s'appliquaient surtout à lui supposer une force surhumaine, des proportions colossales, des armes invincibles. A cette époque, où la force tenait lieu de loi, il fallait au guerrier la ruse & l'adresse jointes à la puissance musculaire. Le moine qui composa le roman de Gérard de Roussillon dans le silence de sa cellule de Pothières, n'eut garde d'oublier ce moyen infaillible de frapper l'imagination de ses lecteurs; aussi il nous représente le comte comme doué d'une taille et d'une force gigantesques.

« Car lhystoire tesmoigne qu'il avoit huytz piedz de hault, et qu'il estoit le mieux formé de tous membres que on eut sceu trouver, et que par sa force il estendoit et ouvroit legièrement à ses deux mains quatre fers de chevaux tous neufz. »

La partie la plus intéressante de la publication consiste dans ses *préliminaires historiques & généalogiques*.

L'auteur a résumé dans cinquante pages écrites d'une manière magistrale, tous les documents

historiques qui peuvent faire connaître Gérard;
son travail trahit une grande sûreté d'investiga-
tion, le soin minutieux d'un religieux de la
congrégation de Saint-Maur & la patience d'un
antiquaire. Toutes les questions y sont traitées
avec le même soin : questions ardues que la fantaisie du romancier & l'obscurité des légendes avaient
pour ainsi dire rendues insolubles. En faisant
le récit des luttes sanglantes soutenues par Gérard
avec une fortune diverse, tantôt victorieux & tantôt vaincu, il n'a garde d'oublier des questions
d'un ordre moins élevé, mais non moins intéressantes à étudier; il nous donne la généalogie du
comte & de Berthe, sa femme, il nous apprend
quelles étaient leurs possessions, leurs demeures,
leurs châteaux-forts, jusqu'à leurs fondations pieu-
ses, le lieu de leurs sépultures & de celles de
leurs enfants; tout y est abordé, discuté & résolu
avec la plus sûre critique. C'est en quelque sorte
une création.

Nous ne pouvons résister au plaisir de citer
une des pages les plus remarquables de ce travail :

« Après une sanglante bataille que Charles-le-Chauve
livra à Gérard, et dans laquelle ce dernier fut mis en dé-
route aux environs de Pontarlier, le comte erra de ville
en ville, réduit au rôle de fugitif dans une de ses places
fortes.

« A la suite de cette défaite où, pourtant, il ne périt pas,
Gérard fut contraint de se réfugier dans un autre de ses

chîteaux, dont l'histoire n'a pas conservé le nom. Le vainqueur marcha sur Vienne, mais le comte avait confié la défense de cette ville à Berthe, sa femme, et derrière les remparts romains se trouvait une âme romaine. Rien ne l'intimida, ni la dévastation de la campagne, ni l'incendie des faubourgs. Il fallut former un siége en règle, et, au bout de deux mois d'attaques infructueuses, Charles comprit qu'il devait avoir recours à d'autres moyens. L'or et la trahison pénétrèrent dans la place, & Berthe ne vit bientôt autour d'elle que des gens séduits ou vendus. Instruit à temps par un message de l'extrémité à laquelle sa femme était réduite, Gérard accourut et subit les conditions de Charles, qui entra dans Vienne la veille du jour de Noël de l'an 870. Après avoir exigé du comte des otages pour gage de la reddition des forteresses qu'il occupait encore, le roi lui donna trois grands bateaux, et permit qu'il s'embarquât sur le Rhône avec Berthe et tous les effets mobiliers qui lui appartenaient. Boson, beau-frère de Charles-le-Chauve, obtint le gouvernement de Vienne, et le même jour vit finir et commencer deux grandes fortunes. »

Le mérite de cette préface, & il est grand, repose tout entier sur la donnée historique. Il existe une autre publication d'un genre complétement différent. Nous voulons parler de l'étude de M. Fauriel, de l'Institut, *sur les romans français & provençaux de Gérard de Roussillon,* imprimée dans le vingt-deuxième volume de l'*Histoire littéraire de la France.*

Dans son examen des poèmes sur Gérard de Roussillon, M. Fauriel soulève une question qu'il serait temps de résoudre, parce qu'elle se présente souvent & qu'elle fait encore le désespoir des philologues & des savants qui s'occupent de la littérature du moyen âge : à savoir cette fameuse question des répétitions qui abondent dans les chansons de geste.

« Lorqu'on a essayé de la résoudre, dit M. Fauriel, en supposant que ces divers couplets, qui répètent jusqu'à trois reprises la même chose, étaient des restes de romans perdus sur le même sujet, il a fallu reconnaître que cette explication ne saurait convenir à tous les récits, comme, par exemple, dans Gérard de Roussillon, au meurtre de Terric, raconté dans douze couplets avec des variations considérables, à travers lesquelles on ne peut démêler quelle est la rédaction primitive et sans qu'on doive certainement en conclure qu'il y eut en' l'honneur de Gérard et même de Terric dix ou douze romans différents. Peut-être sur ce point, comme sur beaucoup d'autres, est-il sage d'attendre des parallèles entre un plus grand nombre de textes, et surtout des textes nouveaux. »

Sans avoir la prétention de trancher une difficulté qui arrête les meilleurs esprits, & devant laquelle M. Fauriel hésite, nous ne pouvons nous empêcher de répéter ce que nous avons dit ailleurs au sujet des comédies et des mystères.

Quelques-uns de ces drames simples & peu compliqués à leur origine, atteignirent, par suite d'additions répétées et successives, le chiffre énorme de soixante & de quatre-vingt mille vers. Ils étaient ce que nous appelons de nos jours des pièces à tiroir, auxquelles il était facile d'ajouter ou de supprimer des scènes entières. La farce de Pathelin elle-même a subi, comme les autres dra-

mes souvent représentés, les mêmes accroissements,
les mêmes modifications ; accroissements & modifications inséparables de la transmission orale &
manuscrite, la seule possible avant l'invention de
l'imprimerie.

Ce qui est vrai pour la comédie & les drames
est vrai également pour les romans et les poèmes
héroïques.

Le Jongleur ou le Ménestrel récitant Gérard de
Roussillon dans la salle du festin du roi Jean ou
dans le manoir d'un puissant baron, faisait ce que
firent plus tard les dramaturges, les Clercs de la
bazoche & les Confrères de la Passion ; il interca-
lait son couplet, sa version au milieu des couplets
d'un poème déjà altéré et modifié par d'autres.
Souvent même il lui arrivait de choisir, parmi les
différents textes, celui qui devait flatter davantage
l'orgueil ou la fantaisie de son maître ; ajoutons
encore que parmi les auditeurs du troubadour, il
se rencontrait quelquefois un descendant, un allié,
un ennemi même de la race du héros qu'il chantait, & qu'alors la sagacité du poëte lui inspirait
quelques modifications devenues nécessaires. Les
altérations & les changements portaient sur des
parties intéressantes du récit, sur un dialogue, sur
une question d'étiquette, de généalogie, sur un
combat, quelquefois sur les détails familiers, de
vêtements, d'armes & de parure, dans lesquels
poëtes & auditeurs semblent se complaire, & alors
ces détails étaient répétés à satiété.

Souvent un couplet, empreint d'une gaieté que nous trouvons aujourd'hui grossière, succédait à un autre plus grave sur le même sujet; les exemples en sont fréquents. Le bon roi saint Louis ne dédaignait pas lui-même, durant ses repas, d'entendre quelques vers fortement assaisonnés : la joyeuse humeur de nos aïeux était d'assez bonne composition sur ce chapitre.

Les manuscrits que nous possédons des œuvres littéraires du moyen âge ne sont pas toujours des originaux; il faut y voir le plus souvent des copies plus ou moins complètes dans lesquelles s'étalent un mélange évident de textes, des contradictions choquantes, qui excluent l'unité de facture. S'il a été jusqu'à un certain point permis de contester à Homère la paternité de ses œuvres immortelles, s'il est possible d'y découvrir des passages indignes de ce grand génie, à plus forte raison pourrons-nous dire que les poèmes héroïques du moyen âge sont pour partie les fils bâtards, *vulgo nati*, d'une paternité multiple.

Ceci n'est point une allégation gratuite; nous pourrions en donner plusieurs preuves. En voici une entre toutes

C'est à la fin du XII° siècle que les ménestrels commencèrent à chanter les hauts faits d'Alexandre, alors que d'autres compositeurs célébraient ceux d'Artus et de Charlemagne. Parmi les poëtes nombreux qui choisirent le roi de Macédoine pour le héros de leurs romans métriques, il en est deux :

Alexandre de Bernay et Lambert li cors (Le Court) de Châteaudun, qui composèrent, ensemble, un poème de dix-sept mille neuf cent cinquante-deux vers.

Il a été impossible de constater s'ils écrivirent le tout en commun ou si chacun d'eux traita spécialement une partie du poème ; mais ce qui ne fait pas de doute, c'est la collaboration même. De plus, l'un d'eux nous apprend, et ceci est encore plus important à retenir, qu'ils composèrent leur ouvrage sur les données d'anciens auteurs et particulièrement sur la tradition orale.

> La vie d'Alexandre si com je lai trovée
> En plusieurs leus écrite, et de boche contée.

Si tel fut leur point de départ, on ne peut pas dire qu'ils firent un poème nouveau. Mais continuons.

Thomas de Kent, un siècle plus tard, entreprend aussi un roman d'Alexandre ; mais son œuvre n'est pas non plus une création : c'est encore un travail de refonte, et, quoiqu'il usurpe le titre d'auteur, il ne faut voir dans son labeur qu'un rajeunissement des anciennes versions.

> D'un bon livre en latin fis cest traslatement
> Qui mon non demande, Thomas ai non de Kent.

Il n'est pas possible de déterminer la partie qu'il a travaillée, parce que les diverses branches du roman sont confondues. On ne trouve pas son nom dans d'autres exemplaires.

Voilà donc ce qui se passait alors. Nous sommes parfaitement au courant de la manière de procéder de ces improvisateurs.

Un sujet étant donné : la vie d'un héros, d'un monarque, d'un homme illustre, par cela même qu'elle avait eu de l'éclat, & qu'elle était tombée dans le domaine poétique, devenait la proie des bardes & des jongleurs , ils s'en emparaient comme d'un butin facile à conquérir, & pendant plusieurs siècles, tant que le sujet était à la mode, le poème allait grossissant, s'allongeant, s'additionnant d'épisodes. La boule de neige, petite & homogène à sa naissance, roulait toujours poussée par les efforts d'une foule de mains anonymes ; elle devenait alors une masse énorme par la superposition de ses couches, & ne s'arrêtait enfin que lorsque poëtes & auditeurs trouvaient la matière tout à fait épuisée.

Pouvait-on dire de tous ces écrivains qu'ils avaient fait un poème ? C'était sans doute leur prétention ; mais il leur eût été impossible, dans cette œuvre de Babel, de préciser au juste la part qui leur revenait légitimement ; ils se contentaient de maltraiter leurs rivaux et de rabaisser le mérite de leurs chants.

> Cil Troveor bastart font contes abessier
> Qui s'en voulent encor sur les meillors prisier ;
> Ne conoissent bons mots, et les veulent jugier ,
> Et quant il ont tout dit, si ne vaut un denier,
> Ains convient les leurs œuvres par paniaz atachier.

Au surplus, qu'était-ce que les auteurs de ces chants héroïques ? Des hommes réduits, comme les jongleurs et les ménestrels, à une position infime, à une sorte de domesticité : *ministelli*, *mimi*, *joculatores*, ceux, dit du Cange, que nous appelons menestreux et menestriers, *quòd minoribus aulæ ministris accenserentur.*

Ces ménestrels composaient des chants héroïques (*heroicæ cantilenæ*) ; la chronique de Bertrand du Guesclin nous l'apprend.

> Qui veut avoir renom des bons et des vaillants
> Il doit aler souvent à la pluie et au champs,
> Et estre en la bataille, ainsy que fu Rollans
> Les quatre fils Haimon, et Charlon li plus grans.
>
> . . . .
>
> De quoi cils menestriers font les nobles Romans.

Ces ménestrels étaient fort nombreux à la cour des rois de France. Comme les Arbalestriers, les Ribauds, les Mauvais Garçons, ils étaient organisés en société, et avaient un roi qui exerçait sur eux une certaine autorité.

Une charte anglaise du XIVe siècle, parle de Robert Caveron, roi des ménestreuls des royaumes de France. Dans le compte de la rançon du roi Jean (1367) on voit figurer le don d'une couronne d'argent fait par ce prince au Roi des Ménestrels.

Quel était l'emploi de ces serviteurs? Quel genre de service rendaient-ils à leurs maîtres ?

Ils composaient ou apprenaient des poèmes qu'ils

déclamaient, les jours de réjouissances, dans les tournois, les carrousels, et dans les salles de festins; ils s'accompagnaient quelquefois avec une harpe.

Quant li rois ot mangié, s'appela Helinand
Pour li esbanoier commanda que il chant.

Ils suivaient leurs maîtres au combat, enflammaient leur courage en déclamant des chants de guerre, et se faisaient tuer, au besoin, comme les plus braves chevaliers.

Taillefer qui moult bien chantout
Sus un cheval qui tost alout
Devant euls aloit chantant
De Kallemaingne et de Roullant
Et d'Olivier et des Vassaux
Qui moururent en Rainschevaux.

Ils vivaient aux dépens de leurs seigneurs et sous le même toit. Nous les trouvons en grand nombre à la cour de Charlemagne, à celle de Louis-le-Débonnaire, de Richard, duc de Normandie, de Guillaume-le-Conquérant et des rois leurs successeurs. Sous Philippe-Auguste ils jouissaient, dit Rigord, d'une telle faveur, que, pour obtenir d'eux quelques couplets adulateurs, les grands officiers de la couronne se dépouillaient de leurs armures, leur donnaient leurs plus beaux coursiers et leurs vêtements les plus somptueux.

A part leur état de domesticité et, en quelque

sorte, d'abaissement, qui était un reste de l'organisation romaine, ces corporations, ces communautés, dont l'existence est attestée par la présence d'un chef, sont intéressantes à étudier. Je crois que nous devons à leurs travaux communs une foule de poèmes dont nous recherchons vainement les auteurs, et que c'est à cette réunion de poëtes de diverses contrées, à leurs souvenirs, à leurs recherches, qu'il faut attribuer ces répétitions, ces versions différentes, ces contradictions que la raison n'explique pas autrement que par la juxtaposition de pièces disparates, éparses, rapportées on ne sait d'où et réunies en un faisceau commun.

Faut-il se plaindre de cet état de choses ?... Non, sans doute; il faut s'en applaudir, au contraire. J'aime mieux le voile de l'anonyme qu'une mensongère désignation d'auteur; j'aime mieux ces répétitions, ces lacunes, ces contradictions, qu'un ensemble parfait, savant, irréprochable, qui serait le résultat d'épurations successives. Il faut s'en consoler, s'en réjouir même, et songer que nous avons intacts les monuments de cette littérature aristocratique qui faisait les délices de la cour de nos premiers rois. Si le poème a des défauts, des aspérités, des rugosités; s'il nous apparaît comme un diamant brut, tant mieux... C'est qu'il porte en lui la saveur et le cachet de son temps, c'est qu'après un sommeil de cinq siècles, il se réveille tel que le ménestrel le chantait du temps de Philippe-le-Bel. S'il lui avait été

donné de vivre & de franchir la barrière qui lui
opposait une langue nouvelle, il se serait poli au
frottement du siècle de François Ier, il aurait laissé
aux mains des nombreux poëtes du XVIe siècle ces
scories, ces taches qui ternissent son éclat et sa
limpidité.

Mais il avait fait son temps, et la poésie du su-
zeraien ne pouvait plus lutter avec celle du vassal.
Le roman métrique, trop long, trop uniforme,
trop sérieux, cédait le pas au roman en prose, à la
poésie grossièrement sensuelle de Villon, aux Cent
Nouvelles Nouvelles, au badinage de Marot et de
l'Heptaméron. L'imprimerie vulgarisait une langue plus latine et moins naïve, mais elle nous
donnait, en revanche, des poëmes plus gais, plus
bourgeois; l'éclat de rire de Rabelais succédait au
chant de guerre du Jongleur, et la chanson de
geste, que les contemporains de Clément Marot
n'entendaient déjà plus, était abandonnée pour la
ballade et le rondeau.

Il y a trois mille ans, lorsque Lycurgue et, suc-
cessivement, les Pisistrate entreprirent de recueillir,
de mettre en ordre et de faire un corps d'ouvrage
des poésies d'Homère, que se passa-t-il? Plus
tard, lorsque Callisthène, Aristote, Aristarque et
bien d'autres, présidèrent à diverses publications
de l'Illiade et de l'Odyssée, à quel genre de travaux et d'investigations se livrèrent ces savants?
Leurs soins se portèrent-ils sur les imperfections
du style, sur la confusion du texte, sur la multi-

plicité des versions? Ne s'appliquèrent-ils pas à
épurer, à élaguer, à donner de l'ensemble à ce
grand poëme national qui passionnait toute la
Grêce et auquel l'orgueil des familles souveraines
du Péloponèse avait fait de nombreuses soudures
intéressées? Je ne me prononce pas sur cette question si longtemps débattue, je ne la rappelle que
comme terme de comparaison et pour constater
que si les romans métriques de la France de
Charlemagne et de Philippe-Auguste n'avaient pas
sommeillé cinq siècles dans la poussière des bibliothèques et des archives des couvents, que si au
lieu d'être les produits d'une poésie naissante et
malheureusement abandonnée presqu'à son berceau, ils eussent été la manifestation d'une langue
robuste, vivace, capable de résister au latinisme,
nous ne trouverions pas en eux ces défectuosités
qui annoncent, à la fois, chose étrange, et l'enfance
de l'art et la touche des collaborations séculaires.

Lorsque le Jongleur dit :

> Ge sai d'Ogier, si sai d'Ainmoun
> Et de Girart de Roxillon,
> Et si sai du roi Loéis
> Et de Beuvons de Commarchis,
> De Faucon et de Renoart,
> De Guielin et de Girart,

il ne prétend pas avoir composé tous ces
poèmes, il veut seulement donner un aperçu de la
variété de ses talents, & de la richesse de sa

mémoire; il les avait appris peut-être sur un des
nombreux manuscrits qui nous restent, & en les
récitant il n'oubliait pas d'y mettre du sien.

En voilà assez sur une question qui me mènerait
trop loin; pour la résumer, je dirai avec M. Fauriel que les douze couplets sur la mort de Terric
ne peuvent faire admettre douze poëmes différents.
Cette supposition écartée, mes observations subsis-
tent dans toute leur force. Toutefois j'ajoute que je
présente ces observations en toute humilité, et que,
ayant eu déjà l'occasion de les faire, j'ai besoin de
dire que mon intention n'est point de les générali-
ser et de les ériger en système. Si elles peuvent
satisfaire certains lecteurs, quelquefois aussi elles
paraîtront insuffisantes à d'autres, qui trouveront
bon d'imiter la prudence de M. Fauriel et d'attendre des textes nouveaux.

M. Francisque Michel, qui a publié son travail
après celui de MM. Fauriel et de Terrebasse, n'a
pas mis à profit leurs savantes recherches. Sa tâche
était difficile, et, pour ne pas être accusé de pla-
giat, il s'est contenté de donner, sans commen-
taires et presque sans notes, un texte français et un
texte provençal, que bien peu de personnes sont
en état de comprendre. Sa préface, de quelques
pages, ne nous paie que d'espérances.

« Et après le bel article de M. Fauriel, il semble qu'il
n'y ait rien à dire sur cette vénérable relique de la poésie
des troubadours; et cependant on peut avancer qu'elle
fournirait aisément matière, sinon à un volume, au

moins à un mémoire d'une certaine étendue. Peut-être me livrerai-je quelque jour à ce travail et mettrai-je en œuvre les nombreuses notes que j'ai rassemblées. »

C'était ici le cas de s'exécuter sans avoir l'air d'attendre une occasion plus favorable.

Pour terminer, j'ajoute que la réimpression de M. de Terrebasse est un chef-d'œuvre typographique, un de ces bijoux comme savent en produire quelques imprimeurs lyonnais, qui rivalisent avec leurs illustres devanciers les Gryphe et les de Tourne.

Vienne, imp. SAVIGNÉ—1873.

OUVRAGES

DU

MÊME AUTEUR

I. *Obsèques de Charles Reynaud.* Vienne. Timon frères, 1853, broch. in-16.

II. *Documents historiques, littéraires et biographiques sur Charles Reynaud, suivis de ses œuvres inédites.* Vienne, Timon frères, 1854, un vol. in-16.

III. *Etudes historiques sur les Clercs de la Baʒoche, suivies de pièces justificatives.* Vienne, Timon frères, 1856, un vol. in-8.

Cet ouvrage a obtenu une médaille d'or de l'Académie des Inscriptions et Belles lettres, au concours des antiquités nationales de 1857.

IV. *Notice historique sur le premier parcellaire de Vienne (1634-1667).* Vienne, J. Timon, 1857, broch. in-8.

V. *Une séance académique à Embrun.* Grenoble, Maisonville, 1859, broch. in-16.

VI. *Recherches historiques sur le pélerinage des rois de France à Notre-Dame d'Embrun.* Grenoble, Maisonville & Jourdan, 1860, un vol. in-8 (2 éditions).

Cet ouvrage contient comme introduction, la notice suivante :

VII. *Notice bibliographique et littéraire, sur Marcellin Fornier, historien de l'Embrunois,* in-8. 64 pp.

VIII. *Etude sur la littérature judiciaire du XIIᵉ au XVIIᵉ siècle.* Chambéry, Puthod fils, 1863, broch. in-8.

IX. *Trésor de la chapelle des ducs de Savoie aux XVᵉ & XVIᵉ siècles. Etude historique & archéologique.* Vienne, Savigné, 1868, un vol. in-4.

Cet ouvrage non livré au commerce n'a été tiré qu'à très-petit nombre & sur papier vergé teinté. C'est un des plus beaux spécimens de la typographie viennoise.

X. *Discours prononcé à la distribution des prix du lycée impérial de Saint-Etienne, le 10 août 1869.* Vienne, Savigné, 1869, broch. in-8.

XI. *Discours prononcé sur la tombe d'Alfred de Terrebasse, historien dauphinois.* Vienne, Savigné, 1872, broch. in-8.

XII. *Romans et chansons de geste sur Gérard de Roussillon. Etude historique et littéraire.* Vienne, Savigné, 1873, broch. in-8 (3ᵉ édition).

XIII. *Notice historique sur Alfred de Terrebasse. Sa vie et ses écrits.* Vienne, Savigné, 1873, un vol. in-8.

XIV. *Le chemin de Vimaine à Vienne (Dauphiné). Notice historique et critique sur l'étymologie de ce nom.* Vienne, Savigné, 1873, broch. in-8.

Vienne, typ. et lith. Savigné. — 1873

www.ingramcontent.com/pod-product-compliance
Lightning Source LLC
Chambersburg PA
CBHW061708180626
46818CB00003B/1313